MW01146504

SONETOS

Antología

SONETOS

*Hermosos sonetos clásicos
de los más **grandes** poetas
del Siglo de Oro*

GLEISA EDITORIAL

SONETOS DEL SIGLO DE ORO
Antología

Selección de hermosos sonetos clásicos
escritos por los más grandes poetas
del Siglo de Oro.
D. R. ©2012, de esta edición:

Gleisa Editorial USA
P. O. Box 15401
Los Angeles, CA 90015-0401
United States of America
info@gleisa.com

Gleisa Editorial Centroamérica
Apartado Postal 142-F
Edificio Géminis Diez, zona 10
Guatemala, Guatemala, 01010
info.ca@gleisa.com

Evaned Grupo Editorial
www.gleisa.com

ISBN: 978-0-9774941-3-2

Foto de portada: ©D. R. A.

Primera edición en Gleisa Editorial: febrero de 2012.
Impreso en Estados Unidos - Printed in the United States

Todos los derechos reservados. Queda prohibida la reproducción de esta obra
y/o su registro o transmisión a través de cualquier sistema de recuperación
de información, ya sea mecánico, fotoquímico, electrónico, electroóptico,
magnético, por fotocopia o cualquier otro existente sin la autorización previa
y por escrito de la editorial. Cualquier copia parcial o total no autorizada, es
considerada ilegal, y por lo tanto, sujeta a las leyes correspondientes.

Índice

Nota Liminar

Actualmente, cuando los teóricos modernos se refieren al Siglo de Oro, comprenden una etapa de la historia de la literatura en español que abarca de 1492 (año en que se publicó la Gramática española de Nebrija) hasta 1681, año en que fallece el célebre poeta Calderón de la Barca. Sin embargo, la definición "Siglo de Oro", fue utilizada originalmente por Luis José Velázquez, quien la empleó por primera vez en 1754 en su obra *Orígenes de la poesía castellana*. Inicialmente, esta definición designaba únicamente al siglo XVI, ampliándose posteriormente a toda la época de apogeo de la cultura española, que comprendía el renacimiento del siglo XVI y el barroco del siglo XVII. En esta breve colección de sonetos clásicos, se han incluido autores que son considerados representantes del Barroco español, a excepción de Sor Juana Inés de la Cruz, que no pertenece exactamente a ese marco sino más bien, a la corriente *novohispana* de las letras en América, no sólo por ser de origen mexicano, sino por haberse incorporado a la lírica barroca tardíamente, lo cual no podía haber sido de otra manera dado el año de su nacimiento (1651). El Barroco fue un período en la historia de la cultura occidental que produjo obras en campos tan diversos como la pintura, la escultura, la música, la danza y la literatura, y abarca aproximadamente desde los años 1600 a los 1750 (entre el Renacimiento y el Neo-clásico). El Barroco en la literatura se caracterizó por el uso de un lenguaje lleno de metáforas y alegorías. Representa un estado de ánimo mucho más cercano al Romanticismo que al Renacimiento, aún y cuando es un movimiento que nace (en algunos países) al mismo tiempo que este último. El Barroco trajo consigo una evidente renovación en las técnicas y estilos de la época. En el caso de la literatura y particularmente la lírica (poesía), se empezó a usar constantemente el terceto, cuarteto, redondilla y soneto, este último, fue uno de los que más se posicionaron y perduraron a través de los años. Hoy día, aunque el soneto no es tan popular en la obra de los autores contemporáneos, no deja de ser una de las formas más hermosas de expresión poética que existen. El soneto cuenta con un total de catorce versos, de once sílabas cada uno, y están organizados en cuatro estrofas: dos de cuatro (cuartetos) y dos de tres versos (tercetos) respectivamente. Aunque la distribución del contenido del soneto no es exacta, puede decirse que la primera estrofa presenta el tema, la segunda lo desarrolla, la tercera es una reflexión sobre el tema central y la última, usualmente es la más emotiva con la cual se finaliza el poema. El soneto era ya un medio de expresión poética en el siglo XIV, donde destacan particularmente los escritos por Dante Alighieri, recogidos en su obra Vita Nuova, aunque sin duda, el sonetista más influyente de esa época fue Arezzo Francesco Petrarca. En español, el primer intento del que se tiene conocimiento en cuanto al uso del soneto, es el realizado por Íñigo López de Mendoza, Marqués de Santillana (1398-1458). Otros destacados sonetistas fueron: Diego Hurtado de Mendoza, Hernando de Acuña, Fernando de Herrera, Gutierre de Cetina, y Boscán, entre otros. El Siglo de Oro dejó probablemente los sonetos más representativos de la lengua castellana, sin desmerecimiento de uno u otro, o de aquellos otros tantos autores que no han sido aquí incluidos.

Los autores de esta colección, aparecen en estricto orden cronológico, partiendo del año de su nacimiento, independientemente del volumen de su aporte a la literatura en general o de la temática de su obra. Los autores de esta breve colección son, indiscutiblemente, de los más destacados legados del Siglo de Oro.

Gleisa Editorial.

GARCILASO

Garcilaso de la Vega nació en Toledo, aunque no se sabe a ciencia cierta el año, que bien pudo haber sido entre 1494 y 1503. Falleció en Le Muy, Condado de Niza, Ducado de Saboya, el 14 de octubre de 1536. Fue un poeta y militar español del Siglo de Oro considerado uno de los poetas españoles más grandes de la historia. Se integró muy pronto a la vida intelectual que entonces giraba en torno a la Academia Pontiana. Tuvo amistad con incontables poetas de la época, entre ellos Boscán, quien publicó hacia 1542 "*Las obras de Boscán y algunas de Garcilaso de la Vega*". La obra poética de Garcilaso está compuesta de cuarenta sonetos, además de canciones, odas, elegías, etc. El lenguaje de Garcilaso es claro y nítido, estilo en el que destaca la precisión y la naturalidad. No se le debe confundir con el escritor e historiador peruano Inca Garcilaso de la Vega (1539 - 1616).

SONETO I

——— * ———

Cuando me paro a contemplar mi estado
y a ver mis pasos por dó me han traído,
hallo, según por do anduve perdido,
que a mayor mal pudiera haber llegado;

mas cuando del camino estoy olvidado,
a tanto mal no sé por dó he venido:
sé que me acabo, y mas he yo sentido
ver acabar conmigo mi cuidado.

Yo acabaré, que me entregué sin arte
a quien sabrá perderme y acabarme,
si quisiere, y aun sabrá querello:

que pues mi voluntad puede matarme,
la suya, que no es tanto de mi parte,
pudiendo, ¿qué no hará sino hacello?

SONETO II

———— * ————

En fin, a vuestras manos he venido,
do sé que he de morir tan apretado,
que aun aliviar con quejas mi cuidado,
como remedio, me es ya defendido;

mi vida no sé en qué se ha sostenido,
si no es en haber sido yo guardado
para que sólo en mí fuese probado
cuanto corta una espada en un rendido.

Mis lágrimas han sido derramadas
donde la sequedad y la aspereza
dieron mal fruto dellas y mi suerte:

¡basten las que por vos tengo lloradas;
no os venguéis más de mí con mi flaqueza;
allá os vengad, señora, con mi muerte!

SONETO III

———— * ————

La mar en medio y tierras he dejado
de cuanto bien, cuitado, yo tenía;
y yéndome alejando cada día,
gentes, costumbres, lenguas he pasado.

Ya de volver estoy desconfiado
pienso remedios en mi fantasía;
y el que más cierto espero es aquel día
que acabará la vida y el cuidado.

De cualquier mal pudiera socorrerme
con versos yo, señora, o esperallo,
si esperallo pudiera sin perdello;

mas no de veros ya para valerme,
si no es morir, ningún remedio hallo,
y si éste lo es, tampoco podré habello.

SONETO IV

—— * ——

Un rato se levanta mi esperanza:
mas, cansada de haberse levantado,
torna a caer, que deja, mal mi grado,
libre el lugar a la desconfianza.

¿Quién sufrirá tan áspera mudanza
del bien al mal? ¡Oh corazón cansado!
Esfuerza en la miseria de tu estado;
que tras fortuna suele haber bonanza.

Yo mismo emprenderé a fuerza de brazos
romper un monte, que otro no rompiera,
de mil inconvenientes muy espeso.

Muerte, prisión no pueden, ni embarazos,
quitarme de ir a veros, como quiera,
desnudo espíritu u hombre en carne y hueso.

SONETO V

———— * ————

Escrito está en mi alma vuestro gesto,
y cuanto yo escribir de vos deseo;
vos sola lo escribisteis, yo lo leo
tan solo, que aun de vos me guardo en esto.

En esto estoy y estaré siempre puesto;
que aunque no cabe en mí cuanto en vos veo,
de tanto bien lo que no entiendo creo,
tomando ya la fe por presupuesto.

Yo no nací sino para quereros;
mi alma os ha cortado a su medida;
por hábito del alma misma os quiero.

Cuanto tengo confieso yo deberos;
por vos nací, por vos tengo la vida,
por vos he de morir, y por vos muero.

SONETO VI

—— * ——

Por ásperos caminos he llegado
a parte que de miedo no me muevo;
y si a mudarme a dar un paso pruebo,
y allí por los cabellos soy tornado.

Mas tal estoy, que con la muerte al lado
busco de mi vivir consejo nuevo;
y conozco el mejor y el peor apruebo,
o por costumbre mala o por mi hado.

Por otra parte, el breve tiempo mío,
y el errado proceso de mis años,
en su primer principio y en su medio,

mi inclinación, con quien ya no porfío,
la cierta muerte, fin de tantos daños,
me hacen descuidar de mi remedio.

SONETO VII

———— * ————

No pierda más quien ha tanto perdido,
bástate, amor, lo que ha por mí pasado;
válgame agora jamás haber probado
a defenderme de lo que has querido.

Tu templo y sus paredes he vestido
de mis mojadas ropas y adornado,
como acontece a quien ha ya escapado
libre de la tormenta en que se vido.

Yo había jurado nunca más meterme,
a poder mío y mi consentimiento,
en otro tal peligro, como vano.

Mas del que viene no podré valerme;
y en esto no voy contra el juramento;
que ni es como los otros ni en mi mano.

SONETO VIII

———— * ————

De aquella vista buena y excelente
salen espíritus vivos y encendidos,
y siendo por mis ojos recibidos
me pasan hasta donde el mal se siente.

Entránse en el camino fácilmente,
con los míos, de tal calor movidos,
salen fuera de mí como perdidos,
llamados de aquel bien que está presente.

Ausente, en la memoria la imagino;
mis espíritus, pensando que la vían,
se mueven y se encienden sin medida;

mas no hallando fácil el camino,
que los suyos entrando derretían,
revientan por salir do no hay salida.

SONETO IX

———— * ————

Señora mía, si yo de vos ausente
en esta vida turo y no me muero,
paréceme que ofendo a lo que os quiero,
y al bien de que gozaba en ser presente;

tras éste luego siento otro accidente,
que es ver que si de vida desespero,
yo pierdo cuanto bien de vos espero;
y así ando en lo que siento diferente.

En esta diferencia mis sentidos
están, en vuestra ausencia y en porfía,
no sé ya que hacerme en tal tamaño.

Nunca entre sí los veo sino reñidos;
de tal arte pelean noche y día,
que sólo se conciertan en mi daño.

SONETO X

———— * ————

¡Oh dulces prendas, por mí mal halladas,
dulces y alegres cuando Dios quería,
juntas estáis en la memoria mía,
y con ella en mi muerte conjuradas!

¿Quién me dijera, cuando las pasadas
horas que en tanto bien por vos me vía,
que me habíais de ser en algún día
con tan grave dolor representadas?

Pues en una hora junto me llevaste
todo el bien que por términos me diste,
lleváme junto el mal que me dejaste;

si no, sospecharé que me pusiste
en tantos bienes, porque deseaste
verme morir entre memorias tristes.

LUIS DE GÓNGORA

Luis de Góngora y Argote, nació en Córdoba el 11 de julio de 1561 y falleció el 23 de mayo de 1627, fue un poeta y dramaturgo español del Siglo de Oro. Es considerado el máximo exponente de la corriente denominada "culteranismo" o estética del Barroco español, que consiste en la intención de enrarecer y aquilatar la expresión separándola del equilibrio y claridad clásicos. Góngora no publicó sus obras, estas pasaron de mano en mano en copias manuscritas que fueron coleccionándose a manera de recopilaciones en cancioneros y romanceros. Aunque en sus obras iniciales ya encontramos el típico conceptismo del Barroco, Góngora quedó inconforme y decidió intentar, según sus propias palabras, hacer algo no para muchos e intensificar aún más la retórica. En 1627, habiendo perdido la memoria, Góngora fallece de una apoplejía en la ciudad de Córdoba.

A LOS CELOS

———— * ————

¡Oh niebla del estado más sereno,
furia infernal, serpiente mal nacida!
¡Oh ponzoñosa víbora escondida
de verde prado en oloroso seno!

¡Oh entre el néctar de Amor mortal veneno,
que en vaso de cristal quitas la vida!
¡Oh espada sobre mí de un pelo asida,
de la amorosa espuela duro freno!

¡Oh celo, del favor verdugo eterno!
Vuélvete al lugar triste donde estabas,
o al reino (si allá cabes) del espanto;

más no cabrás allá, que pues ha tanto
que comes de ti mismo y no te acabas,
mayor debes de ser que el mismo infierno.

EN LA MISMA OCASIÓN

———— * ————

Esta de flores, cuando no divina,
industriosa unión, que ciento a ciento
las abejas, con rudo no argumento,
en ruda sí confunden oficina,

cómplice Prometea en la rapina
del voraz fue, del lúcido elemento,
a cuya luz suave es alimento
cuya luz su recíproca es ruina.

Esta, pues, confusión hoy coronada
del esplendor que contra sí fomenta,
por la salud, oh Virgen Madre, erijo

del mayor Rey, cuya invencible espada
en cuanto Febo dora o Cintia argenta
trompa es siempre gloriosa de tu Hijo.

A UN SUEÑO

———— * ————

Varia imaginación que, en mil intentos,
a pesar gastas de tu triste dueño
la dulce munición del blando sueño,
alimentando vanos pensamientos,

pues traes los espíritus atentos
sólo a representarme el grave ceño
del rostro dulcemente zahareño
(gloriosa suspensión de mis tormentos),

el sueño (autor de representaciones),
en su teatro, sobre el viento armado,
sombras suele vestir de bulto bello.

Síguele, mostraráte el rostro amado,
y engañarán un rato tus pasiones
dos bienes, que serán dormir y vello.

A UNA DAMA
VESTIDA DE LEONADO

————— * —————

Del color noble que a la piel vellosa
de aquel animal dio naturaleza
que de corona ciñe su cabeza,
rey de las otras, fiera generosa,

vestida vi a la bella desdeñosa,
tal, que juzgué, no viendo su belleza
(según decía el color con su fiereza),
que la engendró la Libia ponzoñosa;

mas viéndola, que Alcides muy ufano
por ella en tales paños bien podía
mentir su natural, seguir su antojo,

cual ya en Lidia torció con torpe mano
el huso, y presumir que se vestía
del nemeo león el gran despojo.

A UNOS ÁLAMOS BLANCOS

——— * ———

Verdes hermanas del audaz mozuelo
por quien orilla el Po dejaste presos
en verdes ramas ya y en troncos gruesos
el delicado pie, el dorado pelo,

pues entre las ruinas de su vuelo
sus cenizas bajar en vez de huesos,
y sus errores largamente impresos
de ardientes llamas vistes en el cielo,

acabad con mi loco pensamiento,
que gobernar tal carro no presuma,
antes que le desate por el viento,

con rayos de desdén la verdad suma,
y las reliquias de su atrevimiento
esconda el desengaño en poca espuma.

ACREDITA LA ESPERANZA
CON HISTORIAS SAGRADAS

———— * ————

Cuantos forjare más hierros el hado
a mi esperanza, tantos oprimido
arrastraré cantando y su ruido
instrumento a mi voz será acordado.

Joven mal de la envidia perdonado,
de la cadena tarde redimido,
de quien por no adorarle fue vendido,
por haberle vendido fue adorado.

¿Qué piedra se le opuso al soberano
poder, calificada aun de real sello,
que el remedio frustrase del que espera?

Conducido alimenta, de un cabello,
uno a otro profeta. Nunca en vano
fue el esperar, aun entre tanta fiera.

AL LLANTO Y SUSPIROS
DE UNA DAMA

———— * ————

Cual parece al romper de la mañana
aljófar blanco sobre frescas rosas,
o cual por manos hecha, artificiosas
bordadura de perlas sobre grana,

tales de mi pastora soberana
parecían las lágrimas hermosas
sobre las dos mejillas milagrosas,
de quien mezcladas leche y sangre mana.

Lanzando a vueltas de su tiempo llanto
un ardiente suspiro de su pecho,
tal que el más duro canto enterneciera,

si enternecer bastara un duro canto,
mirad qué habrá con un corazón hecho,
que al llanto y al suspiro fue de cera.

DE LA BREVEDAD
ENGAÑOSA DE LA VIDA

——— * ———

Menos solicitó veloz saeta
destinada señal, que mordió aguda;
agonal carro en la arena muda
no coronó con más silencio meta,

que presurosa corre, que secreta,
a su fin nuestra edad. A quien lo duda
(fiera que sea de razón desnuda)
cada sol repetido es un cometa.

Confiésalo Cartago, ¿y tú lo ignoras?
peligro corres, Licio, si porfías
en seguir sombras y abrazar engaños.

Mal te perdonarán a ti las horas,
las horas que limando están los días,
los días que royendo están los años.

DE LA ESPERANZA

———— * ————

Sople rabiosamente conjurado
contra mi leño el Austro embravecido,
que me ha de hallar el último gemido,
en vez de tabla, el áncora abrazado.

¿Qué mucho, si del mármol desatado
deidad no ingrata la esperanza ha sido
en templo que de velas hoy vestido
se venera, de mástiles besado?

Los dos lucientes ya del cisne pollos,
de Leda hijos, adoptó: mi entena
lo testifique dellos ilustrada.

¿Qué fuera del cuitado, que entre escollos,
que entre montes, que cela el mar, de arena,
derrotado seis lustros ha que nada?

DE LOS MISMOS

———— * ————

Peinaba al sol Belisa sus cabellos
con peine de marfil, con mano bella;
mas no se parecía el peine en ella
como se oscurecía el sol en ellos.

En cuanto, pues, estuvo sin cogellos,
el cristal sólo, cuyo margen huella,
bebía de una y otra dulce estrella
en tinieblas de oro rayos bellos.

Fileno en tanto, no sin armonía,
las horas acusando, así invocaba
la segunda deidad del tercer cielo:

"ociosa, Amor, será la dicha mía,
si lo que debo a plumas de tu aljaba
no lo fomentan plumas de tu vuelo".

LOPE DE VEGA

Felix Lope de Vega y Carpio, nació en Madrid el 25 de noviembre de 1562 y falleció el 27 de agosto de 1635. Fue uno de los más importantes poetas y dramaturgos del Siglo de Oro español y por la extensión de su obra, es considerado uno de los más prolíficos autores de la literatura universal, atribuyéndosele aproximadamente la composición de tres mil sonetos. Estudió gramática y matemáticas, sirviendo además como secretario del Marqués de Las Navas. Se dice de Lope de Vega que sufrió una profunda crisis existencial, impulsada tal vez por la muerte de parientes cercanos, lo cual le inclinaba cada vez más hacia el sacerdocio, no obstante haber tenido quince hijos documentados entre legítimos e ilegítimos. En sus últimos años de vida se enamoró de Marta de Nevares. Cuando falleció, doscientos autores le escribieron elogios que fueron publicados en Madrid y Venecia.

DE LA NIÑA DE PLATA

———— * ————

Un soneto me manda hacer Violante,
que en mi vida me he visto en tal aprieto;
catorce versos dicen que es soneto:
burla burlando van los tres delante.

Yo pensé que no hallara consonante
y estoy a la mitad de otro cuarteto;
mas si me veo en el primer terceto
no hay cosa en los cuartetos que me espante.

Por el primer terceto voy entrando
y parece que entré con pie derecho,
pues fin con este verso le voy dando.

Ya estoy en el segundo y sospecho
que voy los trece versos acabando;
contad si son catorce, y está hecho.

POR QUÉ
LA BOCA DE JUANA ES ROSA

———— * ————

Tiraba rosas el Amor un día
desde una peña a un líquido arroyuelo,
que de un espino trasladó a su velo
en la sazón que abril las producía.

Las rosas mansamente conducía
de risco en risco el agua al verde suelo
cuando Juana llegó y al puro hielo
puso los labios de la fuente fría.

Las rosas, entre perlas y cristales,
pegáronse a los labios, tan hermosas,
que afrentaban claveles y corales.

¡Oh pinturas del cielo milagrosas!
¿Quién vio jamás transformaciones tales:
beber cristales y volverse rosas?

SONETO

———— * ————

Que otras veces amé, negar no puedo,
pero entonces Amor tomó conmigo
la espada negra, como diestro amigo
señalando los golpes en el miedo.

Mas esta vez que batallando quedo,
blanca la espada y cierto el enemigo,
no os espantéis que llore su castigo,
pues al pasado amor amando excedo.

Cuando con armas falsas esgrimía
de las heridas truje en el vestido
—sin tocarme en el pecho— las señales;

mas en el alma ya, Lucinda mía
donde mortales en dolor han sido
y en el remedio heridas inmortales.

A JUDIT

——— * ———

Cuelga sangriento de la cama al suelo
el hombro diestro del feroz tirano
que opuesto al muro de Betulia en vano
despidió contra sí rayos al cielo.

Revuelto con el ansia el rojo velo
del pabellón a la siniestra mano,
descubre el espectáculo inhumano
del tronco horrible convertido en hielo.

Vertido Baco, el fuerte arnés afea
los vasos y la mesa derribada,
duermen las guardas que tan mal emplea

y sobre la muralla coronada
del pueblo de Israel, la casta hebrea
con la cabeza resplandece armada.

A HELENA

——— * ———

Ardese Troya y sube el humo oscuro
al enemigo cielo y, entretanto,
alegre Juno mira el fuego y llanto:
¡venganza de mujer, castigo duro!

El vulgo, aun en los templos mal seguro,
huye cubierto de amarillo espanto;
corre cuajada sangre el turbio Janto
y viene a tierra el levantado muro.

Crece el incendio propio el fuego extraño,
las empinadas máquinas cayendo,
de que se ven ruinas y pedazos.

Y la dura ocasión de tanto daño
mientras vencido Paris muere ardiendo
del griego vencedor duerme en los brazos.

A LUCINDA

———— * ————

Era la alegre víspera del día
que la que sin igual nació en la tierra
de la cárcel mortal y humana guerra
para la patria celestial salía;

y era la edad en la que más viva ardía
la nueva sangre que mi pecho encierra
—cuando el consejo y la razón destierra
la vanidad que el apetito guía—

cuando Amor me enseñó la vez primera
de Lucinda en su sol los ojos bellos
y me abrasó como si rayo fuera.

Dulce prisión y dulce arder por ellos;
sin duda que su fuego fue mi esfera,
que con verme morir descanso en ellos.

A LUCINDA EN EL MANZANARES

———— * ————

De hoy más las crespas sienes de olorosa
   verbena y mirto coronarte puedes,
   juncoso Manzanares, pues excedes
   del Tajo la corriente caudalosa.

Lucinda en ti bañó su planta hermosa;
bien es que su dorado nombre heredes
   y que con perlas con arenas quedes
   mereciendo besar su nieve y rosa.

Y yo envidiar pudiera tu fortuna,
   mas he llorado en ti lágrimas tantas,
   ¡tú, buen testigo de mi amargo lloro!

Que mezclada en tus aguas pudo alguna
   de Lucinda tocar las tiernas plantas
   y convertirse en tus arenas de oro.

DESEA AFRATELARSE
Y NO LE ADMITEN

———— * ————

Muérome por llamar Juanilla a Juana,
que son de tierno amor afectos vivos,
y la cruel, con ojos fugitivos,
hace papel de yegua galiciana.

Pues, Juana, agora que eres flor temprana
admite los requiebros primitivos;
porque no vienen bien diminutivos
después que una persona se avellana.

Para advertir tu condición extraña,
más de alguna Juanaza de la villa
del engaño en que estás te desengaña.

Creéme, Juana, y llámate Juanilla;
mira que la mejor parte de España,
pudiendo Casta, se llamó Castilla.

LAMÉNTASE MANZANARES
DE TENER TAN GRANDE PUENTE

———— * ————

¡Quítenme aquesta puente que me mata,
señores regidores de la villa!
Miren que me ha quebrado una costilla,
que aunque me viene grande me maltrata.

De bola en bola tanto se dilata,
que no la alcanza a ver mi verde orilla;
mejor es que la lleven a Sevilla
si cabe en el camino de la plata.

Pereciendo de sed en el estío,
es falsa la causal y el argumento
de que en las tempestades tengo brío.

Pues yo con la mitad estoy contento,
tráiganle sus mercedes otro río
que le sirva de huésped de aposento.

A CRISTO CRUCIFICADO

—— * ——

Pastor que con tus silbos amorosos
me despertaste del profundo sueño;
tú, que hiciste cayado de este leño
en que tiendes los brazos poderosos,

vuelve los ojos a mi fe piadosos,
pues te confieso por mi amor y dueño
y la palabra de seguirte empeño
tan dulces silbos y tus pies hermosos.

Oye, pastor, pues por amores mueres,
no te espante el rigor de mis pecados,
pues tan amigo de rendidos eres.

Espera, pues, y escucha mis cuidados;
¿pero, cómo te digo que me esperes
si estás, para esperar, los pies clavados?

FRANCISCO DE QUEVEDO

Francisco de Quevedo y Villegas, nació en Madrid en 1580 y falleció en Villanueva de los Infantes, España, en 1645. Desde muy joven tuvo contacto con la vida cortesana y con el quehacer político, dado que sus padres desempeñaban altos cargos en la corte. Estudió en el colegio imperial jesuita y luego en las universidades de Alcalá de Henares y de Valladolid. En Valladolid empezó a ser conocido como poeta, al mismo tiempo que empezaba a crecer la fama de su rivalidad con el también poeta Góngora. En 1606 regresó a Madrid, donde estudió teología y donde conoció al duque de Osuna, a quien más tarde dedicaría las traducciones de Anacreonte.

Quevedo cultivó todos los géneros literarios de su época. Sus poemas usualmente hablan de desilusión y melancolía frente al tiempo y la muerte, puntos centrales en sus famosas composiciones sobre el amor.

Don Francisco de
Quevedo-Villegas

A LA MAR

———— * ————

La voluntad de Dios por grillos tienes,
y escrita en la arena, ley te humilla;
y por besarla llegas a la orilla,
mar obediente, a fuerza de vaivenes.

En tu soberbia misma te detienes,
que humilde eres bastante a resistilla;
a ti misma tu cárcel maravilla,
rica, por nuestro mal, de nuestros bienes.

¿Quién dio al pino y la haya atrevimiento
de ocupar a los peces su morada,
y al lino de estorbar el paso al viento?

Sin duda el verte presa, encarcelada
la codicia del oro macilento
ira de Dios al hombre encaminada.

AMOR CONSTANTE,
MÁS ALLÁ DE LA MUERTE

———— * ————

Cerrar podrá mis ojos la postrera
sombra que me llevare el blanco día,
y podrá desatar esta alma mía
hora, a su afán ansioso lisonjera;

mas no de esotra parte en la ribera
dejará la memoria, en donde ardía:
nadar sabe mi llama el agua fría,
y perder el respeto a la ley severa.

Alma, a quien todo un Dios prisión ha sido,
venas, que humor a tanto fuego han dado,
médulas, que han gloriosamente ardido,

su cuerpo dejará, no su cuidado;
serán ceniza, mas tendrá sentido;
polvo serán, mas polvo enamorado.

SALMO XIX

———— * ————

¡Cómo de entre mis manos te resbalas!
¡Oh, cómo te deslizas, Vida mía!
¡Qué mudos pasos traes, oh muerte fría,
pues con callado pie todo lo igualas!

Ya cuelgan de mi muro tus escalas,
y es tu puerta mayor mi cobardía;
por vida nueva tengo cada día,
que el tiempo cano nace entre las alas.

¡Oh mortal condición! ¡Oh dura suerte!
¡Que no puedo querer ver la mañana
sin temor de si quiero ver mi muerte!

Cualquier instante de la vida humana
es un nuevo argumento que me advierte
cuán frágil es, cuán mísera, y cuán vana.

AMOR DE SOLA UNA VISTA
NACE, VIVE, CRECE Y SE PERPETÚA

*

Diez años de mi vida se ha llevado
en veloz fuga y sorda el sol ardiente,
después que en tus dos ojos vi el Oriente,
Lísida, en hermosura duplicado.

Diez años en mis venas he guardado
el dulce fuego que alimento ausente
de mi sangre. Diez años en mi mente
con imperio tus luces han reinado.

Basta ver una vez grande hermosura,
que una vez vista eternamente enciende,
y en l´alma impresa eternamente dura.

Llama que a la inmortal vida trasciende,
ni teme con el cuerpo sepultura,
ni el tiempo la marchita ni la ofende.

RETRATO DE LISI
QUE TRAÍA EN UNA SORTIJA

———— * ————

En breve cárcel traigo aprisionado,
con toda su familia de oro ardiente,
el cerco de la luz resplandeciente,
y grande imperio del Amor cerrado.

Traigo el campo que pacen estrellado
las fieras altas de la piel luciente;
y a escondidas del Cielo y del Oriente,
día de luz y parto mejorado.

Traigo todas las Indias en mi mano,
perlas que en un diamante por rubíes,
pronuncian con desdén sonoro hielo,

y razonan tal vez fuego tirano
relámpagos de risa carmesíes,
auroras, gala y presunción del Cielo.

LLANTO, PRESUNCIÓN, CULTO
Y TRISTEZA AMOROSA

———— * ————

Esforzaron mis ojos la corriente
de este, si fértil, apacible río;
y cantando frené su curso y brío:
¡tanto puede el dolor en un ausente!

Miréme incendio en esta clara fuente
antes que la prendiese yelo frío,
y vi que no es tan fiero el rostro mío
que manche, ardiendo, el oro de tu frente.

Cubrió nube de incienso tus altares,
coronélos de espigas en manojos,
sequé, crecí con llanto y fuego a Henares.

Hoy me fuerzan mi pena y tus enojos
(tal es por ti mi llanto) a ver dos mares
en un arroyo, viendo mis dos ojos.

ARREPENTIMIENTO Y LÁGRIMAS DEBIDAS AL ENGAÑO DE LA VIDA

———— * ————

Huye sin percibirse lento el día,
y la hora secreta y recatada
con silencio se acerca, y despreciada,
lleva tras sí la edad lozana mía.

La Vida nueva que en niñez ardía,
la juventud robusta y engañada,
en el postrer invierno sepultada
yace entre negra sombra y nieve fría.

No sentí resbalar mudos los años;
hoy los lloro pasados, y los veo
riendo de mis lágrimas y daños.

Mi penitencia deba a mi deseo,
pues me deben la Vida mis engaños,
y espero el mal que paso y no lo creo.

SONETO AMOROSO

———— * ————

Más solitario pájaro ¿en cuál techo
se vio jamás, ni fiera en monte o prado?
Desierto estoy de mí, que me ha dejado
mi alma propia en lágrimas deshecho.

Lloraré siempre mi mayor provecho;
penas serán y hiel cualquier bocado;
la noche afán, y la quietud cuidado,
y duro campo de batalla el lecho.

El sueño, que es imagen de la muerte,
en mí a la muerte vence en aspereza,
pues que me estorba el sumo bien de verte.

Que es tanto tu donaire y tu belleza,
que, pues Naturaleza pudo hacerte,
milagro puede hacer Naturaleza.

AMOR IMPRESO EN EL ALMA,
QUE DURA DESPUÉS DE LAS CENIZAS

—— * ——

Si hija de mi Amor mi muerte fuese,
¡qué parto tan dichoso que sería
el de mi amor contra la vida mía!
¡Qué gloria, que el morir de amar naciese!

Llevara yo en el alma adonde fuese
el fuego en que me abraso, y guardaría
su llama fiel con la ceniza fría
en el mismo sepulcro en que durmiese.

De esotra parte de la muerte dura
vivirán en mi sombra mis cuidados,
y más allá del Lete mi memoria.

Triunfará del olvido tu hermosura;
mi pura fe y ardiente, de los hados;
y el no ser, por amar, será mi gloria.

DICE QUE SU AMOR
NO TIENE PARTE ALGUNA TERRESTRE

———— * ————

Por ser mayor el cerco de oro ardiente
del sol que el globo opaco de la tierra,
y menor que éste el que a la Luna cierra
las tres caras que muestra diferente,

ya la vemos menguante, ya creciente,
ya en la sombre el Eclipse nos la entierra;
mas a los seis Planetas no hace guerra,
ni Estrella fija sus injurias siente.

La llama de mi amor, que está clavada
en el alto Cénit del firmamento,
ni mengua en sombras ni se ve eclipsada.

Las manchas de la tierra no las siento,
que no alcanza su noche a la sagrada
región donde mi fe tiene su asiento.

CALDERÓN DE LA BARCA

Pedro Calderón de la Barca, nació en Madrid el 17 de enero de 1600 y falleció el 25 de mayo de 1681. Fue un escritor, poeta y dramaturgo barroco español del Siglo de Oro. Empezó sus años de colegio en 1605, en Valladolid, porque allí estaba la corte, pero siendo un estudiante destacado su padre decidió que ocupara una capellanía que estaba reservada por la abuela a alguien de la familia que fuese sacerdote, no obstante, decidió dejar la vida religiosa por la militar, llevando una vida de pendencias y juego. Además de la lírica, Calderón escribió teatro, que ha sido denominado como la culminación barroca del modelo teatral creado a finales del siglo XVI y principios del XVII por Lope de Vega. Su lenguaje es manejado con solemnidad, enfatizando la belleza con el uso de antítesis, metáforas e hipérboles

Don D Calderon
dela barca

A LAS FLORES

———— * ————

Éstas que fueron pompa y alegría
despertando al albor de la mañana,
a la tarde serán lástima vana
durmiendo en brazos de la noche fría.

Este matiz que al cielo desafía,
iris listado de oro, nieve y grana,
será escarmiento de la vida humana:
¡tanto se emprende en término de un día!

A florecer las rosas madrugaron,
y para envejecerse florecieron:
cuna y sepulcro en un botón hallaron.

Tales los hombres sus fortunas vieron:
en un día nacieron y espiraron;
que pasados los siglos, horas fueron.

A LAS ESTRELLAS

———— * ————

Esos rasgos de luz, esas centellas
que cobran con amagos superiores
alimentos del sol en resplandores
aquello vive que se duele de ellas.

Flores nocturnas son: aunque tan bellas,
efímeras padecen sus ardores,
pues si un día es el siglo de las flores,
una noche es la edad de las estrellas.

De esa, pues, primavera fugitiva,
ya nuestro mal, ya nuestro bien se infiere;
registro es nuestro, o muera el sol o viva.

¿Qué duración habrá que el hombre espere,
o qué mudanza habrá que no reciba
de astro que cada noche nace y muere.

A UN ALTAR DE SANTA TERESA

*

La que ves en piedad, en llama, en vuelo,
ara en el suelo, al sol pira, al viento ave,
Argos de estrellas, imitada nave,
nubes vence, aire rompe y toca el cielo.

Esta pues que la cumbre del Carmelo
mira fiel, mansa ocupa y surca grave
con muda admiración muestra suave
casto amor, justa fe, piadoso celo.

¡Oh militante iglesia, más segura
pisa tierra, aire enciende, mar navega,
y a más pilotos tu gobierno fía!

Triunfa eterna, está firme, vive pura;
que ya en el golfo que te ves se anega
culpa infiel, torpe error, ciega herejía.

LAURA

———— * ————

¿Qué género de ardor es el que llego
hoy a sentir, que más parece encanto,
pues luciendo tan poco abrasa tanto
y abrasando tan mudo, arde tan ciego?

¿Qué género de llanto es sin sosiego
éste, que a tanto incendio no da espanto,
pues al fuego apagar no puede el llanto,
ni al llanto puede consumir el fuego?

Donde materia no hay, no se da llama.
Mas ¡ay! Que sin materia en el abismo
una y otra aprensión es quien la inflama.

Luego cierto será este silogismo:
si fuego de aprensión tiene quien ama
amor e infierno todo es uno mismo.

EL MAYOR ENCANTO, AMOR

———— * ————

Torpe el discurso, atado el pensamiento,
la razón ciega, el ánimo oprimido,
sin uso el alma, el corazón rendido,
muda la voz y tímido el aliento,

sin voluntad, memoria, entendimiento,
vivo cadáver de este tronco he sido.
Ya pues me quitabas el sentido,
quitárasme también el sentimiento.

Si de amar (¡ay de mí!) A Flérida bella
castigo fue esta forma, en vano quieres
que yo me olvide, porque vivo en ella.

Los troncos aman; luego mal infieres
que, por ser tronco, venceré mi estrella,
pues no la vences tú, y más sabia eres.

FLÉRIDA

———— * ————

Racional, vegetable y sensitiva
alma el cielo le dio al sujeto humano;
vegetable y sensible al bruto ufano,
al tronco y a la flor vegetativa.

Tres almas son; si de las dos me priva
tu voz, porque amo a Lísidas, en vano
solicitas mi olvido, pues es vano
que, aun tronco, alma me dejas con que viva.

No de todo mi amor tendrá la palma
la parte en que has querido conservarme;
de aquella sí, que permitió esta calma.

Luego mudarme en tronco no es mudarme,
porque si no me quitas toda el alma,
todo el amor no has de poder quitarme.

HERMOSURA

———— * ————

Viendo estoy mi beldad hermosa y pura;
ni al rey envidio, ni sus triunfos quiero,
pues más imperio ilustre considero
que es el que mi belleza me asegura.

Porque si el rey avasallar procura
las vidas, yo, las almas, luego infiero
con causa que mi imperio es el primero,
pues que reina en las almas la hermosura.

Pequeño mundo la filosofía
llamó al hombre, sin en él mi imperio fundo,
como el cielo lo tiene, como el suelo,

bien puede presumir la deidad mía
que al que al hombre llamó pequeño mundo
llamará a la mujer pequeño cielo.

71

SONETO DEL PECADOR HERIDO

———— * ————

Si esta sangre, por Dios, hacer pudiera
que la herida a los ojos la pasara,
antes que la vertiera la llorara
fuera elección y no violencia fuera.

Ni el interés del cielo me moviera,
ni del Infierno el daño me obligara;
sólo por ser quien es la derramara
cuando ni premio ni castigo hubiera.

Y si aquí Infierno y Cielo mi agonía
abiertos viera, cuya pena o cuya
gloria estuviera en mí, si prevenía

ser voluntad de Dios que me destruya,
el infierno me fuera por la mía
y no entrara en el Cielo sin la suya.

SECRETO AGRAVIO,
SECRETA VENGANZA

———— * ————

Cuando la fama en lenguas dilatada
vuestra rara hermosura encarecía,
por fe os amaba yo, por fe os tenía,
Leonor, dentro del alma idolatrada.

Cuando os mira, suspensa y elevada
el alma que os amaba y os quería,
culpa la imagen de su fantasía
que sois vista mayor que imaginada.

Vos sola a vos podéis acreditaros:
¡dichoso aquel que llega a mereceros,
y más dichoso si acertó a estimaros!

Mas, ¿cómo ha de olvidaros ni ofenderos?
Que quien antes de veros pudo amaros,
mal os podrá olvidar después de veros.

EL MAYOR MONSTRUO,
LOS CELOS

———— * ————

La muerte y el amor una lid dura
tuvieron sobre cual era más fuerte
viendo que a sus arpones de una suerte
vida ni libertad vivió segura.

Una hermosura, amor, divina y pura
perfeccionó, donde su triunfo advierte;
pero borrando tanto sol la muerte,
triunfó así del amor y la hermosura.

Viéndose, amor, entonces excedido
la deidad de una lámina percibe,
a quien borrar la muerte no ha podido.

Luego bien el laurel, amor, recibe.
pues de quien vive y muere dueño ha sido,
y la muerte lo es sólo de quien vive.

SOR JUANA INÉS DE LA CRUZ

Sor Juana Inés de la Cruz, cuyo nombre completo era Juana Inés de Asbaje y Ramírez de Santillana, nació en San Miguel Nepantla, el 12 de noviembre de 1651, y falleció en la ciudad de México el 17 de abril de 1695. Fue, además de religiosa, una escritora novohispana del Siglo de Oro. Cultivó tanto lírica como prosa y teatro. Por la importancia de su obra recibió sobrenombres como "El Fénix de América" y "La Décima Musa". En el campo de la lírica, su trabajo se enmarca, aunque tardíamente, en la corriente del Barroco español. Hacia los años 1692/93, comienza lo que sería la última etapa de su vida, durante la cual dejó de escribir para dedicarse más a las labores religiosas, renovando sus votos religiosos en 1694. En su trabajo literario, destaca su producción lírica, ya que esta es aproximadamente la mitad de todo lo que escribió.

JHS

de Juana Ynes de

Sta Cruz Lopex

QUE CONSUELA A UN CELOSO
EPILOGANDO LA SERIE DE LOS AMORES

———— * ————

Amor empieza por desasosiego,
solicitud, ardores y desvelos;
crece con riesgos, lances y recelos;
susténtase de llantos y de ruego.

Doctrínanle tibiezas y despego,
conserva el ser entre engañosos velos,
hasta que con agravios o con celos
apaga con sus lágrimas su fuego.

Su principio, su medio y fin es éste:
¿pues por qué, Alcino, sientes el desvío
de Celia, que otro tiempo bien te quiso?

¿Qué razón hay de que dolor te cueste?
Pues no te engaño amor, Alcino mío,
sino que llegó el término preciso.

PROSIGUE EL MISMO ASUNTO
Y DETERMINA QUE PREVALEZCA
LA RAZÓN CONTRA EL GUSTO

———— * ————

Al que ingrato me deja, busco amante;
al que amante me sigue, dejo ingrata;
constante adoro a quien mi amor maltrata;
maltrato a quien mi amor busca constante.

Al que trato de amor, hallo diamante,
y soy diamante al que de amor me trata;
triunfante quiero ver al que me mata,
y mato al que me quiere ver triunfante.

Si a éste pago, padece mi deseo;
si ruego a aquel, mi pundonor enojo:
de entrambos modos infeliz me veo.

Pero yo, por mejor partido, escojo
de quien no quiero, ser violento empleo,
que, de quien no me quiere, vil despojo.

DE UNA REFLEXIÓN CUERDA CON QUE MITIGA EL DOLOR DE UNA PASIÓN

——— * ———

Con el dolor de la mortal herida,
de un agravio de amor me lamentaba,
y por ver si la muerte se llegaba
procuraba que fuese más crecida.

Toda en el mal el alma divertida,
pena por pena su dolor sumaba,
y en cada circunstancia ponderaba
que sobraban mil muertes a una vida.

Y cuando, el golpe de uno y otro tiro
rendido el corazón, daba penoso
señas de dar el último suspiro,

no sé con qué destino prodigioso
volví a mi acuerdo y dije: ¿qué me admiro?
¿Quién en amor ha sido más dichoso?

CONTIENE UNA FANTASÍA
CONTENTA CON AMOR DECENTE

——— * ———

Deténte, sombra de mi bien esquivo,
imagen del hechizo que más quiero,
bella ilusión por quien alegre muero,
dulce ficción por quien penosa vivo.

Si al imán de tus gracias atractivo
sirve mi pecho de obediente acero,
¿para qué me enamoras lisonjero,
si has de burlarme luego fugitivo?

Mas blasonar no puedes satisfecho
de que triunfa de mí tu tiranía;
que aunque dejas burlado el lazo estrecho

que tu forma fantástica ceñía,
poco importa burlas brazos y pecho
si te labra prisión mi fantasía.

CONTINÚA EL MISMO ASUNTO
Y AUN LE EXPRESA
CON MÁS VIVA ELEGANCIA

———— * ————

Feliciano me adora y le aborrezco;
Lisardo me aborrece y yo le adoro;
por quien no me apetece ingrato, lloro,
y al que me llora tierno, no apetezco:

a quien más me desdora, el alma ofrezco;
a quien me ofrece víctimas, desdoro;
desprecio al que enriquece mi decoro
y al que me hace desprecios enriquezco;

si con mi ofensa al uno reconvengo,
me reconviene el otro a mí ofendido
y al padecer de todos modos vengo;

pues ambos atormentan mi sentido;
aquéste con pedir lo que no tengo
y aquél con no tener lo que le pido.

DE AMOR, PUESTO ANTES
EN SUJETO INDIGNO
ES ENMIENDA BLASONAR
DEL ARREPENTIMIENTO

———— * ————

Cuando mi error y tu vileza veo,
contemplo, Silvio, de mi amor errado,
cuán grave es la malicia del pecado,
cuán violenta la fuerza de un deseo.

A mi misma memoria apenas creo
que pudiese caber en mi cuidado
la última línea de lo despreciado,
el término final de un mal empleo.

Yo bien quisiera, cuando llego a verte,
viendo mi infame amor poder negarlo;
mas luego la razón justa me advierte

que sólo me remedia en publicarlo;
porque del gran delito de quererte
sólo es bastante pena confesarlo.

EN QUE SATISFAGA UN RECELO
CON LA RETÓRICA DEL LLANTO

———— * ————

Esta tarde, mi bien, cuando te hablaba,
como en tu rostro y en tus acciones vía
que con palabras no te persuadía,
que el corazón me vieses deseaba.

Y Amor, que mis intentos ayudaba,
venció lo que imposible parecía,
pues entre el llanto que el dolor vertía,
el corazón deshecho destilaba.

Baste ya de rigores, mi bien, baste,
no te atormenten más celos tiranos,
ni el vil recelo tu quietud contraste

con sombras necias, con indicios vanos:
pues ya en líquido humor viste y tocaste
mi corazón deshecho entre tus manos.

PROCURA DESMENTIR LOS ELOGIOS QUE A UN RETRATO DE LA POETISA INSCRIBIÓ LA VERDAD, QUE LLAMA PASIÓN

————— * —————

Éste que ves, engaño colorido,
que, del arte ostentando los primores,
con falsos silogismos de colores
es cauteloso engaño del sentido;

éste en quien la lisonja ha pretendido
excusar de los años los horrores
y venciendo del tiempo los rigores
triunfar de la vejez y del olvido:

es un vano artificio del cuidado;
es una flor al viento delicada;
es un resguardo inútil para el hado;

es una necia diligencia errada;
es un afán caduco, y, bien mirado,
es cadáver, es polvo, es sombra, es nada.

RESUELVE LA CUESTIÓN DE CUÁL SEA PESAR MÁS MOLESTO EN ENCONTRADAS CORRESPONDENCIAS: AMAR O ABORRECER

———— * ————

Que no me quiera Fabio al verse amado
es dolor sin igual, en mi sentido;
mas que me quiera Silvio aborrecido
es menor mal, mas no menor enfado.

¿Qué sufrimiento no estará cansado,
si siempre le resuenan al oído,
tras la vana arrogancia de un querido,
el cansado gemir de un desdeñado?

Si de Silvio me cansa el rendimiento,
a Fabio canso con estar rendida:
si de éste busco el agradecimiento,

a mí me busca el otro agradecida:
por activa y pasiva es mi tormento,
pues padezco en querer y ser querida.

85

EN QUE DA MORAL CENSURA A UNA ROSA Y EN ELLA A SUS SEMEJANTES

———— * ————

Rosa divina que en gentil cultura
eres, con tu fragante sutileza,
magisterio purpúreo en la belleza,
enseñanza nevada a la hermosura.

Amago de la humana arquitectura,
ejemplo de la vana gentileza,
en cuyo ser unió naturaleza
la cuna alegre y triste sepultura.

¡Cuán altiva en tu pompa, presumida,
soberbia, el riesgo de morir desdeñas,
y luego desmayada y encogida

de tu caduco ser das mustias señas
con que con docta muerte y necia vida,
viviendo engañas y muriendo enseñas.

TAMBIÉN EN GLEISA EDITORIAL

EL JARRÓN AZUL
*La historia del
Buscavidas que no
se deja vencer*

ISBN: 978-09774941-2-5

Motivación

Una obra imprescindible, motivadora y conmovedora que nos descubre la historia de aquel que no se da por vencido, y que lucha en contra de las adversidades, logrando con persistencia y disciplina, alcanzar el objetivo. "El Jarrón Azul", relato ameno que no pierde vigencia y cuyo título original en inglés "*The Go-Getter*", narra la historia de William Peck, un joven a quien aparentemente, la vida ha puesto en desventaja frente a los demás, pero que a fuerza de seguir su instinto y coraje, y una buena dosis de fortaleza interna, logra convertirse en el número uno. Después de leer este libro, sin duda usted también dirá: ¡lo haré!

Antología de Sonetos clásicos del Siglo de Oro, se terminó de diagramar en el mes de febrero de 2012. Para más títulos de la editorial, visite: www.gleisa.com

Made in United States
North Haven, CT
19 June 2024

53813626R00055